아빠가
되었습니다만,

요시타케 신스케 글·그림

온다

『첫 소원』

아빠로서 제일 먼저
아이에게 바라는 것. 그것은···

근뎅
근뎅

하루 빨리 목을 가누는 거다.

01 솔직하게 말하자면

1. 아내가 출산할 때 확 깸.

2. 갓 태어난 아기에게 충격 받음.

3. 수없이 많은 생각이 밀려오지만,

모두를 배려하여 진실은
마음 깊숙한 곳에…

4. 아빠가 되고 나서 처음으로 한 일은,

솔직한 마음은 나 혼자서 간직하기!

아이 낳느라
고생하셨어요.

갓 태어난
초보 아빠입니다!

짜안!
또 한 사람!

02 초보 아빠 탄생

이거 봐!
디카 배터리가
나갔어!

어쩌나····.

어떤 아빠로
자라길 바라시나요?

···일단은,
방해가 안 되면
좋겠어요.

1. 초보 아빠의 의식 / '파파댄스'

2. 아직 목을 가누지 못하는 아기를
   어떻게 안아 줘야 하는지 모르는 아빠.
   침대 앞에서 다양한 포즈를 취해 보는 중.

03 파파댄스

04 편리한 말

1. 얼굴로 보나, 하는 짓으로 보나
   당연히 내 아이가 가장 예쁘지만,

후후.
우리의 승리.

그—래,
성공—.

2. 아주 드물게, 비교할 수 없을 정도로
   엄청나게 예쁜 아기도 있다.

···헉!

예쁜데···

3.

그래도···
어디 보자.

우리 애 얼굴이
더 귀엽잖아.
그치?

'귀여움'. 참 아름답고 편리한 말이다.

05 어른의 세계

1. 어른이 되고, 또 아빠가 되고 나서 가장 놀라는 건,
   주위 사람들의 생활이 상상 이상으로 제각각이라는 것.

2. 사람 수만큼 평범한 일상이 있고,
   현실이 있고, 이뤄지지 않은 희망이 있다.
   그리고 당사자가 아니고는 알 수 없는
   자기만의 깨달음과 기쁨도.

3. 그런 이들이 서로를 배려하며, 공통점을 찾아가며
즐겁게 살아가려고 애쓴다. '어른은 참 훌륭하구나,
대단하구나.'라고 늘 생각한다.

대머리예요?

역시 어린애야!

배려
꽝이군!

06 시험당하는 센스

/. '아기가 생겼다.'고 알리는 자리는
조금 쑥스러워.

저, 개인적인 일로 죄송합니다만.

2. 아기 이름을 발표하는 것도
마찬가지로 긴장된다.

이름 지었나?   그게 말이죠.

3. 아기의 성별이나 용모는 선택할 수 없지만
   이름에서는 부모의 센스가 고스란히
   드러나기 때문이다.

… 예?!
왜요?!

흐음….

이상해요?

… 뭐 그런대로!

상대방의 반응이 뜨뜨미지근하면
더 자신이 없어진다.

4. 게다가 우리가 마음에 드는 이름엔
   항상 친척들이 한 마디씩 훈수를 둔다.

사주를 봤는데…,
썩 좋은 이름은
아니야.

15

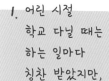아빠 되기 훈련

1. 어린 시절
   학교 다닐 때는
   하는 일마다
   칭찬 받았지만,

2. 직장인이 된 후로는
   일을 잘하는 것도 당연,
   칭찬받지 못하는 것도 당연.

열심히 했는데····

좀 서글픈
어른의 생활이다.

3. 하지만 지금 생각해 보면,
그건 아빠가 되기 위한
훈련이었던 거다.

일숙해지면 즐기는 법도 알게 되느니···.
일도, 아빠도 마찬가지 아닐까?

1. 사실은 아들을 원했는데….
되도록 딸이길 바랐는데 말야.
바람과 다른 결과에
조금은 실망하지만…. 충분히 이해해.

08 작은 희망

2. 하지만 막상 아이를 키우기 시작하면
아들은 아들대로, 딸은 딸대로
'이건 정말 좋구나.' 싶다.

아기의 사랑받는 능력은 정말 대단하다.

3. 게다가 앞으로 아이가 일으킬 수많은
뜻밖의 일에 비하면,

부모가 희망하는 성별 따위
아주 사소한 거다.

1. 아기가 생겨서 좋은 점 가운데 하나는
   처가에 가도 더는 뻘쭘하지 않다는 것.
   결혼 초에는 서로 어색하기만 한데,

미덥지 않게
여기는군····.

영 미덥지가 않아····.

09 튼튼한 아이

3. 아내를 배려하는
   다정한 남편인 척,

다녀와,
다녀와.

장인, 장모에게
'일하고 있다는
분위기'를
어필하기만
하면 된다.

2. 손주를 데리고 처가에 가면,

어이쿠 ——

모두의 시선이
자신에게 쏠리지 않는
이 편안함.
이보다 좋을 순 없다.

기본적으로 모두가 고맙게 여기고,
얘깃거리가 없어 곤란할 일도 없다.

4. 처가에서 보는 아이는 평소보다
훨씬 든든하고 사랑스럽다.

네 덕분에
아빠도
자리가
생겼단다!

10 짐 문제

1. 아빠가 놀라는 것 가운데 하나는
   아기와 외출할 때 짐이 많다는 점.

본체

관리용품

분유 세트

기저귀 세트

갈아입을
옷 세트

장난감
세트

2. 어쩌다 휴일, 외출이 마냥 즐거운 아빠는
   달랑 아기만 안고 나가려다 한 소리를 듣고 만다.

자, 출발!

아직 하나도
준비 안 됐거든!!

3.

. . .

조금만
생각해 보면
알잖아?

아빠의 '조금만'과 엄마의 '조금만'은 조금 다르다.

'커다란 옷,

'아기'하면 떠오르는
포동포동한 이미지 때문에
앙상한 신생아의 몸을 본
초보 아빠는 가슴이
쿵 내려앉는다.

ⓚ아기 냄새

1. 아기와 살아가면서 알게 되는
   좋은 일 가운데 하나는
   아기한테서 좋은 냄새가
   난다는 것이다.

   흐읍 —

2. 사진이나 체험담만으로는
   결코 표현할 수 없는
   특유의 좋은 냄새.
   아이 키우면서 받는
   몇 안 되는 포상이니,
   원없이 맡아 두시라.

   다음은, 아빠 차례.
   다 맡지 마!

   흐읍 —

3. 그러나 안타깝게도
좋은 냄새를 아무리 많이 맡아도
매일매일 열심히 일하는
아빠의 베개에서는 좋은 냄새가
자꾸자꾸 사라져 간다.

요즘,
아재 냄새 나.

⑫ 아빠와 아빠의 거리

1. 엄마들끼리는 금세 친구가 된다.

몇 개월이에요?

8개월 됐어요.

어머,
신발
귀엽네요!

오만가지 걸 비교하면서
언제든 육아 정보를 수집하고
교환하는 데 여념이 없다.

2. 그에 비해 아빠들끼리는
몹시 수줍음을 탄다.

엄마, 언제 나오려나~.

아빠 마음에 여유가 생기는 건
아득히 먼 미래의 일이다.

13 기타

1. 아기는 무슨 생각을 하는 걸까?

멀뚱 —

2. 역시 엄마를 알아보는 것이리라.
   아무래도 중요한 사람인 것 같다고.

엄마
(젖)

기타

3. 엄마가 아닌 다른 뭔가의 대표로서의
아빠란, 아기 눈에는 틀림없이
이상한 것으로 비칠 것이다.

4. 아기가 처음 얼마간 말을 하지 않는 건,
아빠를 상처 주지 않으려는
본능일지도 모른다.

⑭ 꽁냥꽁냥하고 싶다

1. 꽁냥꽁냥 놀고 있는 엄마와 아기를
   부러운 듯이 바라보는 두 개의 눈동자.

빤히—

쪽—

아빤데—.

저···, 아빠도,
엄마랑 쬐금만
스킨십을···.

···벌써 자?

졸리다고!

2. 가차 없이
거부당하고,
아빠의 외로운
밤은 계속된다.

"오늘은 피곤해.
다음에 ♡."
이 한마디로
아빠의 외로움이
달래지려나···.

3. 가정의 평화를 위해
엄마가 지혜로운 거절법 레퍼토리를
늘리는 게 매우 중요할지도 모른다.

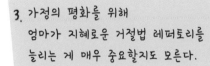

빤히~

···귀찮아
죽겠네~.

1. 상대를 부정하는 언동은 절대 삼간다.
스스로도 어쩌지 못하는 상대의
스트레스를 이해하고, 그 내용이 무엇이든
우선 온전히 귀 기울여 들어주고 받아들인다.
그리고 시간을 두고 다른 제안을 한다.

상대를 존중하고, 좋은 관계를 구축하고,
그것을 지속시키기 위한 방법은
어느 분야에서나 같은 듯하다.

2.

그야말로 초보 아빠를 위해 존재하는 말인 듯한데,

3.

앞에서 나온 말은 노인 간병에 대한
책 속의 한 구절이다.

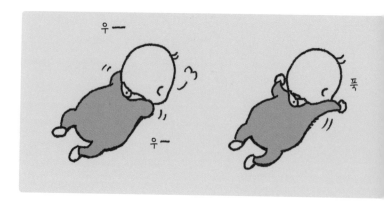

16 뒤집기 방법

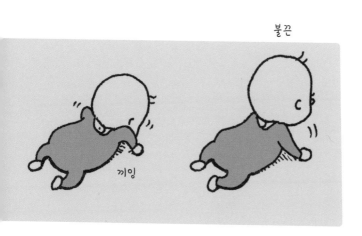

17 모두의 것

1. 육아는? 일은? 장래는?
아이가 생기면 걱정거리가
끊이지 않는다.

···내가 할 수
있으려나?

2. 오래 전에 매형이,

애는
많이
낳는 게
좋아.

니들 죽으면
내가
키워 줄게.

라고 농담조로 하는 말을 들었을 때

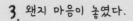
3. 왠지 마음이 놓였다.

그렇구나.

아이는
'모두의 것'인지도
모른다.

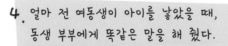
4. 얼마 전 여동생이 아이를 낳았을 때,
동생 부부에게 똑같은 말을 해 줬다.

니들이
죽으면 내가
키워 줄게.

그럼,
부탁해
볼까나.

⓲ 여행은 계속된다

1. 외출했을 때 기저귀가
   떨어지는 일이 종종 있다.

   이거 하나뿐인데.

   뭐라?

2. 그럴 땐 어딜 가도
   기저귀를 구할 수가 없다.

   아, 기저귀는
   취급 안 해요.

   약국인데도?!

3. 즐거워야 할 외출이
  기저귀 찾아 삼만 리가 되는 일도 있다.

4. 아이가 두세 살이 될 때까지는 온통
  기저귀 생각뿐이라고 해도 과언이 아니다.

1. 아무튼 처음 얼마 동안은 아기와 의사소통이 안 되기 때문에,

기저귀에 붙은
테이프.

어디 보자.

너무 꽉 조였나?

너무 헐거워?

더워?

추워?

어느 쪽이야?

불안의 연속이다.

. . .

뭐가 싫은데?

아빠가 싫어?

2. 이 시기는 또한
아내와의 의사소통도 어려워진다.

미안하게 됐네요!!

어?!
좋아할 줄
알고···.

내 어떤 말이
잘못된 거지?!

3. 많은 아빠들이 육아의 즐거움을 느끼게 되는 건,
아기가 말을 할 수 있게 되고 부터이다.

아빠는 '쪼아'라고
말해 주지 않으면
모르는 생물이란다···.

헐―

그러니까 초보 아빠는 처음 /, 2년 동안은
그냥 불안불안하게 지내시길.

『아빠의 위기』

어쩜!

어머나!
요거 요거!

아빠는 아기를 만지려고
다가오는 낯선 할머니들에게
대응하는 방법을
알지 못한다.

20 여자는 강하다

1. 아이를 키우다 보면, 어린아이와 관련된
   참혹한 뉴스에 민감해지게 마련이다.

세상에····.

2. 무의식중에 되도록 멀리서 일어난
   사건이길 바란다.

무서워,
무서워.

그런 정보를 의식적으로
피하고 싶은 아빠와

3. 반대로 더 알고 싶은 엄마.

왜?

내 주위에는 그런 아빠와 엄마가
많은 것 같다.

알아?
저 사건 말야.

으으~~

4. '여자는 역시 강하구나‥‥.' 하고
생각하게 된다.

1. 친구의 적극 추천으로 구입한 물건이
   우리 아이한테는 전혀 효과가 없거나,

2. 강력 추천 상품을 구입했지만
   아내가 쓰기에는 좀 어렵거나.

으음…

못 쓰겠어?

21 값을 매길 수 없는

3. 결국 이것저것 사게 되고,
결과적으로 헛돈을 많이 쓰는 시기이다.

4. 고이 잠든 아기 얼굴과
아내의 웃는 얼굴.

잔액이

줄었군.

그 자체는 돈으로 살 수 없는 것이지만
돈 없이 얻을 수 있는 것도 아니다···.

22 감정의 변화

1. "아이가 생기면 좋은가요?"

예전에 선배 아빠에게
물어본 적이 있다.

2. 그는 한참을 생각한 후에 대답했다.

"좋은 일도 나쁜 일도 많은데,
좋은 일이 더 많지."

3. 돌을 앞둔 아들이 통 밤잠을
안 자는 바람에 우리 부부가
수면부족으로 녹초가 된 적이 있다.
당시의 나는…

'좋은 일이 더 많다고?
부럽군….'라고 생각했다.

4. 아이는 무럭무럭 자라고 자꾸자꾸 변해 간다.
아빠의 감정도 그에 맞춰 점점 변해 간다.

아들이 쑥 커 버린 지금은 그 선배와
같은 생각을 한다. 왠지 안심이 된다.

㉓ 벼락 팬

1. 진정한 스포츠팬은 좋아하는 선수를
   데뷔 때부터 계속 지켜보며
   고락을 함께함으로써 그 승리를 맛보지만,

드디어
해냈어!!

2. 뒤늦게 들어와 잘난 척하는
   '벼락 팬'을 보면 마음이 복잡해진다.

되게
못하네!

발끈

3. 열 달 동안 고락을 함께함으로써
혈연 관계를 실감하는 엄마에 비해,

아빠는 처음 한동안은 아무리 애를 써도
아기의 급조된 팬일 수밖에 없다.

4. 트러블이 생기는 것도 당연하다.

㉔ 무엇보다 소중한 것

1. 아기와 보내는 새로운 생활이

    꽤 힘들어!

    가 될지,

    ···무쟈게 힘들어····

    가 될지는,

3. 만성적인 수면 부족은 엄마와 아빠의 인격을 붕괴시킬 뿐더러 모든 여유를 앗아간다.

    짜증짜증폭발

    짜증 짜증

    왕짜증

2. 아기가 밤에 일정 시간을 자 주느냐 마느냐,
   이 한 가지에 달려 있다.

···30분마다···

4. 그럴 땐 모든 걸 희생해서라도
   수면 시간을 확보해야 한다.

청소며 몸치장은 밤에 잘 자 주는 아기를 둔
엄마 아빠나 하는 거다.

1. 아빠로서, 어른으로서 내 아이에게
   가르쳐 주고 싶은 건 뭘까.
   문득 그런 생각을 하게 된다.

2. 내가 겪어 온 수많은 실패담을 들려주는 것도
   좋을 수 있다. 그리고 그 어떤 실패도
   헛되지 않다는 사실도.

아빠 옛날에,
학교에서 바지 엉덩이가
찢어진 적이
있었는데 말야⋯.

25 교육 방침

3. 결과적으로 존경과 경멸을 균형 있게 받는
어른이 되는 게 좋은 것 같다.

오늘은
어느 쪽?!

오늘도 경멸!

4. 그리고 누구에게나 잘하고 못하는 것이 있다.
그래서 세상은 괴로운 일도, 즐거운 일도
일어난다는 것을 아이가 이해한다면
그걸로 충분하지 않을까.

각자 할 수 있는 일로
서로 돕는 거야.
알겠지?

26 재조정

1. 가정은 평안한 곳. 피로를 풀고
   자신을 회복하는 곳. 아빠들은
   그런 환상을 품고 있다.

어서 와♡

2. 그래서 아기가 생기면 편안하지 않은
   분위기에 더욱 당황하고 허둥대며
   '이런 거였어?'라고 실망하게 된다.

3. 육아란 그런 아빠들의 환상이 한 번은
처절하게 깨지고, '이럴 수도 있구나'라는
깨달음으로 조금씩 바뀌어 가는
과정인지도 모른다.

4. 지나치게 버둥대다가 도리어
웃게 된다면 생큐인 거다.

아하하하!

여보!
여보!

큰일 났어!
큰일 났다고!

1. 아기의 얼굴은 역시 사랑스럽다.
   모든 걸 용서하게 하는 힘이 있다.

쌔근 ―

27 용서하게 하는 힘

3. '아기 때 사진을 목에 걸고
   다니는 날'을 만든다면,
   그날만은 모두 조금은
   착한 마음이 되지 않을까.

2. "나뿐만 아니라 누구나 다 처음엔
   이렇게 천진하고 무력한 아기였겠지···."
   새삼 기분이 묘해진다.

1. 자신의 아이를 처음 봤을 때,
   '이건 뭐지…?'라고 느끼는
   사람이 있을 거다.

선인가 악인가,
이익인가 손해인가,
그동안 살아오면서 경험한
그 어떤 가치관에도
들어맞지 않기 때문이다.
말이나 논리로는 표현할 수 없거니와
아마 할 필요도 없으리라.

28 뭐지?

2. 지금껏 그런 걸 본 적이 없으니까.

이제 막 아빠가 된 사람에겐
그 점이 가장 당혹스러울 수도 있다.

3. 하지만 시간이 지나면
한마디로 표현할 수 있게 된다.

← 이건,
정리하지
못하는 아이 ♪

『잠재력』

아기의 얼굴은
하루하루 확확 달라진다.

…어? 오늘은
별로 안 예쁜데?

…아!
정신 좀 차려 봐!

실력 발휘 좀
해 보라고!!

29 궁합의 문제

1. 아이가 둘, 셋이 되고 나서
   알게 되는 것. 그건···,

별의별 게 다
마음이 맞는다

별의별 게 다
마음이
안 맞는다

역시 궁합이란 게 있는 모양이다.

3. 부모 입장이 되고 보니,

아아···

궁합이란 게
있구나····.

절로 많은 게 이해된다. 아, 인생의 심오함이란!

2. 드라마 같은 데서 흔히,

전 어찌되든 상관없고 형만 있으면 된다 이거죠!?

라든가,

항상 동생만 사랑받았어···

···와 같은 장면이 나오는데

4. 형제를 키우는 데 '똑같이 애정을 쏟는다'는 건 대전제다. 하지만 무엇으로 '똑같이'라고 판단할 것인가?
가장 어려운 문제다.

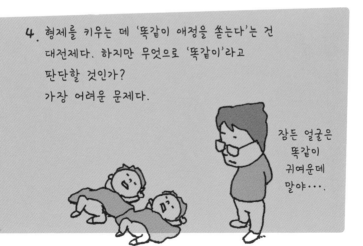

잠든 얼굴은 똑같이 귀여운데 말야···

1. 아빠가 되고 나서 서글픈 것 가운데 하나. 그것은...

.....

아,
목 아파....

몸이 아파도 아무에게도 말할 수 없다는 것.

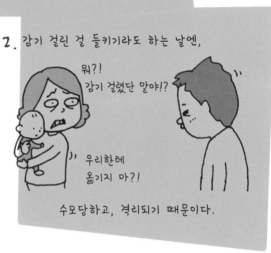

2. 감기 걸린 걸 들키기라도 하는 날엔,

뭐?!
감기 걸렸단 말야!?

우리한테
옮기지 마?!

수모당하고, 격리되기 때문이다.

30 판타지

3. 때론 야단까지 맞는다.

이럴 때
감기는 왜
걸리고 야단이야.

몸도 아프고, 마음마저 약해졌는데····

4. 걱정해 주거나 간병해 주거나.

콜록
콜록

그것들은 이미 아빠의 세계에서는
판타지 영역이다.

③1 같아지고 싶다

1. '우리 애, 이대로 괜찮은 건가?'
   '내가 잘못하고 있는 건 아닌가?' 육아 고민은 끝이 없다.

2. 그럴 때, 그 어떤 조언이나 지식보다
   엄마와 아빠를 구원해 주는 것. 그건 바로···

우리도
그래요!

그 한 마디.

3. 젊을 땐 남들과 같은 것을 그토록
   싫어했던 우리가

이렇게 같아지고 싶어 하다니.

4. '남들과 같아졌으면.' '남보다 뛰어났으면.'
   그리도 남과 같아지길 싫어했던 소싯적
   생각은 하지 못하고, 참 이기적이지 않은가.

하지만 부모란 하나같이 그런 법이다.

32 겁이 나서 물어보지 못한다

1. 아기가 태어나고 '아내'에서 '엄마'가 되는 과정에서
   나타나는 다양한 변화에 아빠의 당혹스러움은
   계속된다.

변화
사례

☆ 무대 **1**

아잉, 요즘
살찐 거 같아.

아냐,
살은 무슨.

☆ 무대 **2**

다이어트라도
할까 봐.

...
운동하면
몸에도 좋지.

☆ 무대 **3**

이 빵, 맛있네.

(몸매에 대해
이야기하지
않게 된다)

...

2. 그리고 어느 날, 아빠는 생각한다.
난 '아빠'가 되고 나서 뭐가 변했지?

아내를 실망시키는 일도 많겠지····.

3.

····이 빵,
달달하고
맛있는데····.

하지만 그런 것도 겁이 나서
물어보지 못하는 게 또한 아빠이다.

1. 떼쓰는 아기를 안고 허겁지겁
   가게 밖으로 나오는 아빠와 엄마.

'The 육아 중!'의
한 장면이다.

2. 아기의 실체를 이미 다 아는 선배
   아빠와 엄마에겐 절로 미소 짓게 하는
   광경이기조차 하다.

어이쿠.

저런
저런.

3. 다른 집 아기가 떼쓰는 걸 보면
도리어 무척 안심이 된다.

아아···.

다 똑같구나···.

4. 당사자는 기진맥진할 테지만,

그 등은 누군가를 안심시키고, 즐겁게 하고,
용기를 북돋워 주는지도 모를 일이다.

34 졸업 의식

1. 유모차에 아기를 태우고
   쇼핑을 간다.

2. 구입한 물건을 유모차 손잡이에 걸고,

3. 돌아오는 길에 아기가 칭얼대서,

4. 아기를 안아 올리면 짐의 무게로
유모차가 뒤로 넘어간다.

'일반적으로 100번쯤 넘어가면 아이는
유모차를 졸업한다'라는 설이 있대나
없대나.

1. 아기를 가만 보고 있으면 10년 후, 20년 후의
   세계가 있다는 걸 새삼스럽게 깨닫게 된다.

이 아이는 앞으로
어떤 사람이
되려나···.

2. 나에게도 20년 후가 있다!
   그런 충격적인 사실까지
   퍼뜩 깨닫게 된다.

헉, 20년 후면,
내가 53살?!

정말?
사실이야?

3. 부모에게서 아이로, 아이에게서 손주로
   이어지는 생명의 릴레이. 그런 장대한 이야기가
   떠오를 것 같지만,

4. 코앞의 일에 우왕좌왕하다 보면 거기까지
   생각할 여력 따윈 없다.

슈퍼 가서
기저귀랑 물티슈!
당장!!

비타민도!!

아기 키우는 일은 어찌 이리 바쁜 걸까…?

35 그럴 만한 여력이 없다

36 밖에서 토하는 사건

1. 가족 외출! 다 같이 식사!
   오오! 오늘은 잘 먹는데? ···음? 왜?

앗!

꿀럭〜

잠깐

그, 그릇!
빈 그릇!

2. 이럴 땐 꼭 주위에 아무것도 없다.

이런——!
계속 나와!

우에에에에엑

3. 외출해서 월떡월떡 토하는 사건.
   누구나 겪는 통과의례다.

잘 먹었습니다.   괜찮아요.

4. 아기와 보내는 나날은 사진에 남지 않은
   (남기지 못한) 사건도 수두룩하다.

글쎄, 얼마 전에   우리 앤 동생
외식 나갔는데   결혼식 때 그랬어.
    다 토하는 바람에
    혼났잖아!

「아기가 붙잡는 곳」

자, 기저귀 차자.

꽉!

37 베스트컷

1. 일 때문에 녹초가 되어
   귀가하는 아빠.

문을 여는 순간, '아⋯ 오늘 같은 날엔
혹시⋯.' 하고 기대하게 된다.

3. 남은 힘을 쥐어짜 아내 이야기에
   꿍짝꿍짝 맞장구치는 아빠.

그러게 말야.

그럼.
알다마다.

조금만 늦게 반응하면 지금보다
100배나 더 귀찮아진다.

2. 혹시나 했는데 역시나. 육아며 집안일이며
   이웃과의 교제로 기진맥진한 아내는 쭈뼛쭈뼛
   신경이 곤두 서 있다.

4. 인간, 피곤하면 상대의 '힘듦'을
   생각할 여유가 없어지는 법.

우리 아이의 베스트컷을 당장 볼 수 있는 곳에
붙여 두자!

1. 예컨대 밖에서 식사할 때,
   보통은 이런 식으로 앉는다.

38 시야

3. 그리고 아빠의 시야.

두 가지를 알 수 있다.
① 누구도 아빠를 보지 않음.
② 아빠는 대개 엄마와 아기를
   세트로 봄.

2. 그들이 보는 건···

아기의 시야

엄마의 시야

4. 결론은, 엄마의 시야에 아빠와 아기가
세트로 들어가면, 엄마는 아빠를 '육아맨'으로,
'가족의 일원'으로 더 크게 느끼지 않을까?

아빠는 되도록 엄마의 시야에 들어가는 위치를
잡도록 명심하자.

39 숨 막히는 업무

1. 아이의 손톱을 깎을 때면 긴장이 엄습한다.

2.

'이 애를 위해서
하는 건데,
혹 상처라도 입히면
어쩌나.' 육아의
많은 딜레마가
이 행위에
응축돼 있다.

3. 너무 바짝 깎아선 안 된다.

헉

이걸
어쩌지

마음은 이미 폭탄 처리반이다.

후유

생큐.

미션 완료!

4. 성공하는 건 당연. 어른은 고달프다.

1. '누굴 닮았는가!',
   이 문제는 꼭 따라다닌다.

어디 보자—

누굴
닮았을꼬.

40 닮았어? 안 닮았어?

3. 애당초 이 아이의 개성과 존재의 존엄함은
   엄마 덕분도, 아빠 탓도 아닌
   이 아이 자신의 것인데.

나

꼭
어느 한쪽을
닮아야
하는 건가.

2. 외모든 성격이든 좋은 점과 함께 그 외의 것까지
   싸잡아 '○○ 닮아서'라고 몰아붙이면
   꼭 싸움의 불씨가 된다.

4. '엄마랑 붕어빵!'이란 말을 들었을 때, 아빠가
   느끼는 일말의 외로움(그 반대도 마찬가지).

41 아기 스승

세상은 생각대로 굴러가지 않지.
그러니 스스로 머리를 써서
어떻게든 즐기지 않으면
괴로운 일뿐이라네.
그걸 나를 돌보면서
배워 보게나.

그런고로,
즉각
응가를 했소.

부탁해요ㅡ.

42 육아에 대한 보수

1. 아이 때문에 진심으로
   짜증 나는 일이 많은 매일.

아으으으으

2. 그러나 소파 같은 데서
   잠들어 버린 아이를 안으면,

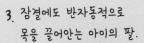

3. 잠결에도 반자동적으로
   목을 끌어안는 아이의 팔.

4. 이 보상으로 낮 동안의 노고가
   얼마간 상쇄된다.

꼬옥…

꼬옥
…

비즈니스 세계에서는
상상할 수 없는 이상한 거래다.

1. 눈이 핑핑 돌 정도로 변하는 육아의 나날.
   아빠는 괴롭다.
   하지만 아무리 힘들어도
   잊어선 안 되는 것이 있다.

기저귀

2. 바로 엄마가 더 힘들다는 것.
   엄마가 직장에 다닌다면 더더욱!

43 아빠의 역할

3. 수단 방법 가리지 않고 엄마를 웃게 하는 게
아빠 역할의 전부라 해도 과언이 아니다.

내가 잘못하고
있는 건가····.

4. '내가 이 여자와 결혼한 건,
웃는 얼굴을 보고 싶어서였다!'

다시 생각해 보시라.
혹은 그렇게 믿어 보시라.

44 인생의 정점

1. 우리 아이의 발육 속도가 남의 집
   아이에 비해 늦으면, 초조해지게
   마련이다.

재잘 재잘 재잘
재잘 재잘 ‥‥‥

2. 우리 본가의 가훈에 '인생의 정점은
   늦는 편이 좋다.'라는 말이 있다.

아하하하!

못 해도 돼
못 해도 돼!

해냈을 때의
기쁨을 소중히
간직해 두자!

3. 내 주위 신동들이 하나같이 훗날 두각을 드러내지
   못하는 현실이며, 내 경험에 비춰 봐도
   천천히 발전하는 게 가장 행복한 것 같다.

4. 무리 뒤를 천천히 따라가는 인생.
   그 눈높이에서 배우는 다정함과
   유연함은 좋은 인생을 보내는 데
   아주 유리하게 작용하지 않을까.

1. '무사히 태어났을 때, 얼마나 마음이 놓였던가!'
   '처음 몸을 뒤집었을 때, 얼마나 기뻤던가!'

45 고마움

2. 기쁜 일은 숱하게 많지만 자칫
   고생담 뒤에 가려서 잊어버리기 쉽다.

3. 뜻대로 되지 않은 일이 넘쳐나는 하루하루.
   가장 중요한 것을 그만 당연시 여기게 된다.

4. 육아에서 가장 무서운 건 돈도 사회 구조적인 문제도
   아닌 '고마움'의 결여다.

『아기의 명장면』

안아 올렸을 때

동당거리는 다리.

1. 아빠와 엄마 사이에 아이 교육에 대한
   방침이 엇갈리는 일이 있을 것이다.

3. 그럼, 잠깐 본인에게 물어보자.

부
웅~

부악 바아~

'아빠 엄마를 다 좋아해.

그치만 난 누구의
희망대로도 되지 않아.
나는 나니까.'

46 나는 나

2. '아이의 행복을 위해서'란 목적은 같은데,
   무의식중에 '자신이 어떻게 하고 싶은가'를
   전면에 내세우고 만다.

4. '교육적으로 무엇이 옳은가'에 대해선
   여러 가지 설이 있지만····

아빠와 엄마가 싸우는 험악한 분위기가
교육상 좋을 리 없겠죠?

47 부모가 되다

1. 아이가 생긴 뒤로, 나는 과연
   강해졌는가 약해졌는가.
   어려운 문제다.

2. 지켜야 할 것을 지키기 위해 '강함'을
   획득했는가.

... 처리해 주마!!

3. 아니면 지켜야 할 것이 생김으로써 되레
   약점이 늘고 겁쟁이가 됐는가.

4. 부모가 된다는 건 아마도 '강함'이나
   '나약함'으로는 가늠할 수 없는 새로운 뭔가를
   획득하는 것이리라.

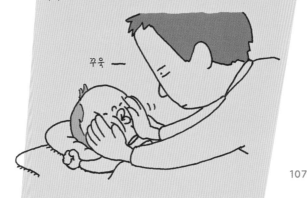

48 속았다!

1. 사랑스런 아이의 잠든 얼굴을 보면
   피로가 싹 가신다고들 하는데,

2. 그건 거짓말이다. 실제로는 기껏해야
   조금 가벼워지는 느낌이 드는 정도일까.

3. 그 밖에도 여러 가지 육아 미담이 있는데,

선배님!

'육아, 최고!'
라면서요?

으허허허!
속았군!

실은 고달프다고!!

4. 반은 에누리해서 듣자.

. . . . .

너도 이제
우리와 동지야!

함께 수행의 길을
걷지 않겠나!!

49 동기

1. 잠이 오면 칭얼거린다. 그게 바로 아이다.

2. 졸리면 곱게 자면 될 텐데….
   세상 모든 아빠와 엄마의 바람은
   오늘도 이뤄지지 않는다.

겨우
잠들었네…

3. 만일 아기가 재판을 받는 일이 있다면,
동기의 8할은 '잠이 와서'일 거다.

그렇군.
잠이 왔던 거로군.

그럼,
무죄!

4. 하긴 어른도 졸음에 좌우될 때가 많다.

짜증

쿨

... 이 인간은
왜 멋대로
자고 그래?

인간에게는 깨어 있는 것 자체가
이미 고통이다.

50 부부의 패기

1. 아기가 생겨도
   계속 멋부리고 싶은 아빠와 엄마.

2. '애가 둘이나 되는데
   이제 아무렴 어때?'라는
   아빠와 엄마.

양쪽 모두에게
호감이 가는 게 참 신기하다.

1. 떼쓰다 야단맞는 남의 집 아이를 보면
'저런저런, 딱하기도 하지···.'라고
생각하지만,

2. 우리 아이가 똑같은 짓을 하면
그만 화가 치밀어 야단치고 만다.

51거리

3. '남의 집 아이'라고 생각하면 좀 더 냉정히
대응할 수도 있으련만,

가족이기에 너무 가까워서 더 안 되는 일,
허용되지 않는 일은 차고 넘친다.

4. 하다못해 물리적으로 가족을 되도록
멀리 떨어져서 보는 날,

한 번 시도해 봐도 좋지 않을까.

1. 육아에서 '아버지'라는 존재는 딱히
   설명할 수 없는 보조자,
   곁다리 같은 느낌.

2. 왠지 모르게 항상 보상받지 못하는
   그 느낌은 뭘까.

3. 아빠가 된다는 건, 아빠가 아니고는 알지 못하는 특유의 '행복해서 더 외로움'을 안고 사는 것인지도 모른다.

4. 더구나 너나없이 수줍음이 많은 아빠들은 서로 그 외로움을 공감해 주는 기술도 터득하지 못하고 있다.

아, 안녕하세요…

아, 아, 안녕하세요…

1. 아이의 성장은 일목요연한데,
   아빠로서의 성장은 대체 뭘까?

2. 있는 그대로를 받아들일 수 있는
   여유와 각오가 돼 있다는 것?

53 아빠의 성장

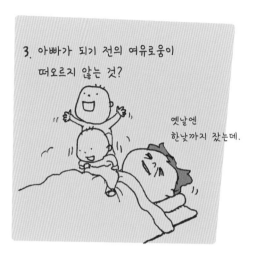

3. 아빠가 되기 전의 여유로움이
떠오르지 않는 것?

옛날엔
한낮까지 잤는데.

4. 역시 아내에게 야단맞는 횟수가
줄어드는 것일까?

아빠로서
성장했다고!

대머리에,
살찐 거뿐인데?

1. 가령, 아버지와의 관계가 썩 좋지 않은
   사람은 자기 아이가 아들이란 걸 알았을 때
   조금 실망할 수도 있다.

2. '아버지를 미워하는 아들'인 자신이 이제
   '아들에게 미움 받는 아버지'가 되지 않을까,
   무의식중에 그렇게 상상해 버리기 때문이다.

54 떠올리는 계기

5. 인간의 기억은 계속 덮어 씌워지는 탓에,
   최종적인 감정이 그 사람의 이미지와
   겹쳐져 버리지만

6. 아이는 무조건적으로 부모를 의지하고
   좋아하는 시기가 있다.

3. 그러나 막상 아이가 태어나면,
   그 아이는 반드시 아빠를 잘 따른다.

4. 그때가 되면 옛 기억이 떠오를 것이다.
   '나도 옛날에는 아버지를 아주 좋아했다'고.

7. 육아는 발견의 연속이지만,
   아이를 키워 보지 않고는 느낄 수 없는
   감정이란 것도 있다.

8. 하긴, 장차 미움 받을 가능성도
   클 테니 지금 듬뿍 사랑받아
   둬야 하리라.

지금
이 기분을 언젠간
서로 잊어버린단
말인가····.

55 아장아장 초보 아빠

1. '아빠로서의 완성'이란 게 있을까?

처음 아이를
학교에 보낸 아빠

처음 아이에게
반항 받는 아빠

2. 생각해 보면 앞으로도 계속 처음 당하는 일뿐일 테니,
   늘 당혹감과 더불어 살게 될 것이다.

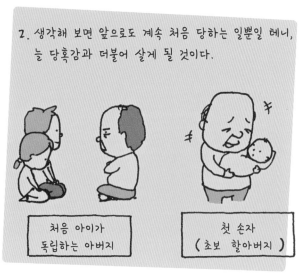

처음 아이가
독립하는 아버지

첫 손자
(초보 할아버지)

3. 아빠로서는 시간이 아무리 흘러도
   언제까지나 아장아장 걸음마일 것이다.

4. 아장아장 걸어야만 보이는 것, 그걸 즐기는 게 어른이고
   아빠이리라.

기다려ㅡ.

『 **부모님 전상서** 』

아버님, 어머님!
매일매일 돌봐 주시고
키워 주신 데 대한 감사의 말,
준비되는 대로 올리겠으니
좀 더 기다려 주소서.

30년 후일까나.

후기

이 책은 '아빠의 눈높이에서 쓴 첫 육아 이야기'라는 주제로 잡지 〈월간 아기와 엄마〉에 연재한 일러스트 에세이를 보완하여 정리한 것입니다.

실은 첫아이가 태어나자마자 육아물 연재를 제안해 온 분이 따로 있었지만, 첫 육아가 무척이나 버거웠던 탓에 체력적으로도 심리적으로도 작업할 수 있는 상태가 아니었습니다.

육아가 일단락이 되고 마음의 정리가 되어 마침내 이번에 육아물 연재를 하게 됐습니다. 아이 키우는 일이 가장 힘들 때는 오히려 육아에 대해 생각할 여유가 없었습니다.

'목구멍만 넘기면 뜨거움을 잊는다'고들 하지만 지금 당장 뜨거운 것을 삼키려는 분들(이제 막 아빠와 엄마가 된 분들)에게 육아 잡지를 통해 무슨 말을 해 줘야 할까, 당시의 나는 남이 하는 얘기를 잘 들었던가, 그때 나는 무슨 말을 듣고 안심했던가, 결국, 지금도 잘 모르겠습니다.

제가 할 수 있는 유일한 일은, '목구멍에 넘어갈 때는 뜨겁다!'라고 있는 그대로의 경험을 전하는 것뿐입니다. 그러므로 이 책을 읽고 '이렇게 뜨거울 줄 몰랐다!', '우린 이러지 않았는데! 뭐야!' 하고 비판의 말씀을 해 주신다면 더없이 감사하겠습니다.

얼마 전에 두 아들과 함께 외출을 했습니다.

어딜 데려가야 아이들이 즐거워 할까,

한참을 끙끙거리며 고민하는데 큰아이(초4)가

"왠지···
엄마가 없으니까 불안해."

···라나요?

나는 그런 아버지입니다.

요시타케 신스케

옮긴이 고향옥

동덕여자대학교의 대학원에서 일본일문학을 공부하고, 일본 나고야대학에서 일본어와 일본 문화를 공부했다. 지금은 한일 아동문학연구회에서 어린이 문학을 공부하며 번역가로 활동하고 있다. 《러브레터야, 부탁해》로 2016년 국제아동청소년도서협의회(IBBY) 어너리스트 번역 부문에 선정되었다. 그동안 옮긴 책으로는 《있으려나 서점》 《이게 정말 사과일까?》 《이게 정말 천국일까?》 《착한 괴물 쿠마》 《푸른 수학》 《그림으로 보는 창가의 토토》 《불청객 아빠》 《나는 입으로 걷는다》 《우리들의 7일 전쟁》 《처음 자전거를 훔친 날》 《추억을 파는 편의점》 《혼나지 않게 해 주세요》 《마법의 조막손》 등이 있다.

아빠가 되었습니다만,

1판 1쇄 발행 | 2018. 8. 23.
1판 2쇄 발행 | 2022. 4. 29.

요시타케 신스케 글·그림 | 고향옥 옮김

발행처 김영사 | 발행인 고세규
편집 김지아 | 디자인 윤소라
등록번호 제 406-2003-036호 | 등록일자 1979. 5. 17.
주소 경기도 파주시 문발로 197(우10881)
전화 마케팅부 031-955-3100 | 편집부 031-955-3113~20 | 팩스 031-955-3111

값은 표지에 있습니다.
ISBN 978-89-349-9383-4 03830

좋은 독자가 좋은 책을 만듭니다. 김영사는 독자 여러분의 의견에 항상 귀 기울이고 있습니다.
전자우편 book@gimmyoung.com | 홈페이지 www.gimmyoungjr.com

이 도서의 국립중앙도서관 출판예정도서목록(CIP)은 서지정보유통지원시스템 홈페이지(http://seoji.nl.go.kr)와
국가자료공동목록시스템(http://www.nl.go.kr/kolisnet)에서 이용하실 수 있습니다. (CIP제어번호 : CIP2018014913)